LE VIEUX MÉNÉTRIER VILLAGEOIS.

—

Air : *Venez venez sur l'humble pierre.*

A nos fêtes chéries,
Que les galanteries
Soient toujours unies.
Et vous, mesdemoiselles,
Si parfois votre amant
Vous serre tendrement,
Résistez qu'un moment.
Ne soyez point cruelles.
Venez danser sous le feuillage ;
Enfants, profitez du bel âge ;
Venez, venez, ô mes enfants ,
Ah ! profitez de votre printemps.

Vous, garçons du pays,
Soyez toujours unis,
Soyez toujours amis ;
Et toujours à vos belles,
Faites de beaux serments,
Mais, en vrais bons vivants,
Profitez des moments
Et soyez infidèles.
Venez, etc.

Et vous, jeunes fillettes,

Ainsi qu'eux, en cachette
Variez les amourettes
Et faites des heureux ;
Car sachez que vraiment
La vie n'est qu'un moment,
Ainsi, profitez-en
Et passez-le joyeux.
Venez, etc.

Si parfois, mes enfants,
Des ignobles tyrans
Manquaient à leurs serments,
Ou vous rendaient esclaves,
Pour soutenir vos droits,
Montrez encor aux rois
Qu'alors, comme autrefois,
Les Français sont des braves.
Venez, etc.

Ou si parfois les prêtres,
Comme sous vos ancêtres,
Voulaient encore en maîtres
Gouverner les humains,
Alors, sans tolérance,
Pour le bien de la France
Détruisez la puissance
De tous ces calotins.
Venez, etc.

Car sachez, jeunes gens,

Qu'ils ont, de tous les temps,
Bien été les tyrans
Toujours les plus à craindre :
Une fois ces pervers
Maîtres de l'univers,
Ils vous mettraient des fers
Sans oser vous en plaindre.
Venez, etc.

Ou bien si les Anglais,
Ce peuple qne je hais,
Outrageait le Français
Comme sous l'empereur,
Alors, remplis de zèle,
Ah ! quitez votre belle.
Et, sans qu'on vous appelle,
Courez au champ d'honneur.
Venez danser sous le feuillage,
Enfants, profitez du bel âge ;
Venez, venez ô mes enfants,
Ah ! profitez de votre printemps.

L'AMANT DESESPÉRÉ.

ROMANCE.

Air : *Hirondelle gentille.*

Je voudrais que ma blonde
A ma flamme réponde,

Ei que le soir
Sortant de sa chambrette,
Elle soit en cachette
Près du manoir.

Là, dessus la fougère,
Auprès de ma bergère,
Dieu, quel bonheur
Si de ma bergerette
Je pouvais, en cachette,
Cueillir la fleur.

Mais puisque ma bergère
Est toujours si sévère,
Et que mes pleurs
Ne peuvent l'attendrir,
Adieu, je vais mourir
Dans les douleurs.

A. F. A. FONVAL DU TAILLIS.

LA MARCHANDE DE MELONS.

—

Air de l'auteur de la chanson.

C'est moi qui me nomme la France,
Je suis très connue dans Paris,
Où depuis dix ans, en conscience,
Je vends des melons à tous prix,

Des melons, des oignons
Et des cornichons.

Le melon, dans bien des patries,
De nos jours est du plus commun,
Et cependant aux . . . .
Tous les jours on en voit plus d'un...
Des melons, des oignons
Et des cornichons.

Car je puis avec assurance,
Français, vous jurer sur ma foi,
Que les plus gros melons de France
Tous les ans se vendent au roi...
Des melons, des oignons
Et des cornichons.

La police, quoique très stricte,
Je ne la crains aucunement.
Car j'ai toujours dans ma boutique
du
Des melons, des oignons
Et des cornichons.

Si quelquefois en politique
On m'accusait de quelques faits,
On m'acquitterait quand, dans ma boutique,
De ses messieurs on verrait.....
Des melons, des oignons
Et des cornichons.

L'OUVRIER PHISIOLOGISTE.

Air : *Tout le long de la rivière.*

Dieu, que de bêtes dans Paris
Veulent faire les beaux esprits,
Qui pour un oui ou pour un non
Vont vous traiter de cornichon,
Et qui toujours parlent beaucoup.
Pour presque rien dire du tout :
De ces gens-là il faut qu'on s'accommode,
Puisque dans Paris maintenant c'est la mode,
Puisque dans Paris c'est la mode.

Je suis resté chez un bourgeois
Deux fois aussi bête qu'un oie,
Qui, quoiqu'il ne dise rien de bon,
Sans cesse veut avoir raison,
Et qui même, sans honte, dit
Qu'il a du génie, de l'esprit.
De ces gens-là il faut qu'on s'accommode,
Puisque dans Paris maintenant c'est la mode,
Puisque dans Paris c'est la mode.

Il dit aussi très hautement,
Quoiqu'il n'en ait aucunement,
Qu'il est plein de vivacité,
Et, qu'en fait de capacité,

Que jamais il ne trouvera
Ouvrier qui l'égalera.
De ces gens-là il faut qu'on s'accommode,
Puisque dans Paris maintenant c'est la mode,
Puisque dans Paris c'est la mode.

Les ouvriers reconnaîtront
Facilement de leurs patrons
La modeste physiologie,
Lorsque l'orgueil, la philotie,
Fait qu'ils disent tous travailler
Mieux que leur premier ouvrier.
De ces gens-là il faut qu'on s'accommode,
Puisque dans Paris maintenant c'est la mode,
Puisque dans Paris c'est la mode.

A. F. A. Fonval du Taillis.

A Madame Louise M***, pour le jour de sa fête.

LA GAITÉ.

—

Air du *roi Christophe.*

Faisons tous honneur à la table,
Soyons joyeux, buvons à la santé
De Louise, femme très aimable
Par son esprit ainsi que sa gaîté.
Et de Paul, dont l'humeur invite
A rire, boire, sans épargner le vin,

Gais bout-en-train buvons jusqu'à demain,
Et puis, ainsi que Démocrite,
Rions des maux du genre humain.

Ne parlons pas de politique,
Laissons en paix les royautés,
Laissons en paix le fanatique,
Et se vendre nos députés ;
Ne pensons qu'à rire, qu'à boire,
Et d'avoir le ventre bien plein.
Gais bout-en-train buvons jusqu'à demain,
Et, si nous pensions à la gloire,
Noyons en l'idée dans le vin.

Laissons faire les forteresses,
Puis embastillonner Paris,
Et, pour oublier les promesses
Qu'il y a longtemps on nous fit,
Pensons qu'à fêter sainte Louise,
Et si se mûrit le raisin,
Gais bout-en-train buvons jusqu'à demain,
Et que toujours notre devise
Soit de pas baptiser le vin.

Afin de chanter son mérite,
De Béranger que n'ai-je l'Apollon,
Alors je vous peindrais de suite
Combien son cœur est tendre et bon.
Mais mon esprit est stérile,
Se trémousse et cherche en vain.

Gais bout-en-train buvons jusqu'à demain,
Et, puisque c'est inutile,
Noyons en l'espoir dans le vin.

Enfin, si ma pauvre musette
N'est pas digne de vous chanter,
Daignez en excuser le poète,
Qui n'a songé qu'à vous fêter,
Qui, sans crainte de vous déplaire.
Pour vous a choisi ce refrain :
Gais bout-en train buvons jusqu'à demain,
Et, si vous êtes en colère,
Je vous en prie noyez-la dans le vin.

A. F. A. Fonval du Taillis.

LE REPENTIR.

ROMANCE.

—

Air nouveau.

J'avais juré de t'être fidèle
Toujours jusqu'à mon dernier moment,
Mais, par malheur, j'ai, pour Estelle,
Entièrement oublié mon serment.

> Je reviens à toi
> Ma douce amie ;
> Pardonne-moi
> Je t'en supplie,
> Je t'en supplie
> Pardonne-moi.

Séduit, trompé, me fiant à l'apparence,
Je t'ai quittée pour voler dans ses bras.
Mais maintenant je te le jure, Clémence,
De n'adorer que tes jolis appas,

    Je reviens à toi, etc.

Estelle, sous un air hypocrite,
Elle cachait un cœur des plus pervers,
Aussi, pour lui rendre visite,
A-t-elle plus de dix amants divers.

    Je reviens à toi, etc,

Aussi quand je vis tant de coquetterie,
Je fus fâché, mais il n'était plus temps,
De t'avoir toujours, par maintes folies,
Causé tant de peines et de tourments.

    Je reviens a toi, etc.

Mais qu'entens-je, tu me pardonne,
Que dis-je, de toi rien ne doit me surprendre ;
Je sais combien ton âme est bonne,
Et d'avance j'aurais dû m'y attendre.

    Plus heureux qu'un roi,
    Je veux, mon amie,
    Être près de toi
    Toute ma vie,
    Toute ma vie
    Être près de toi !

A. F. A. FONVAL DU TAILLIS.

A son ami Alexandre Fonval du Taillis,

Halbert (d'Angers), hommage sympatique.

LA PETITE GLANEUSE.

PLAINTE.

—

Air : *Sur une bière pauvre, une fleur virginale.*

La plaine est dépouillée ; une troupe joyeuse
Achève de remplir les chars du moissonneur ;
Sur l'aride sillon la petite glaneuse
Courbe son jeune front, pâli par la douleur.
Ah ! puisse votre cœur entendre sa prière !
Elle pleure, et sa bouche a murmuré tout bas :

« Laissez, laissez glaner la petite étrangère !
O joyeux moissonneurs, ne me repoussez pas !

« C'est pour ma mère, hélas ! une fièvre cruelle
De sa vie épuisée empoisonne le cours ;
Le printemps s'est paré de la rose nouvelle,
Mais le printemps sur nous a passé sans beaux jours.
Oui, si je viens ici, c'est pour ma pauvre mère ;
Vous pouvez de sa tête écarter le trépas...

Laissez, etc.

« Ah ! quand j'ose vous tendre une main importune,
J'ai eu peur de troubler votre prospérité !

Heureuse aussi jadis, au joug de l'infortune,
Mon cœur eut tant de peine à plier sa fierté !
Mais en vain, pour gagner un modique salaire,
Chaque jour au hameau j'offre mes faibles bras.

Laissez, etc.

« Si vous m'aviez pu voir, quand ma voix égarée
Pour la première fois a demandé du pain !
Ma mère l'ignorait, mais ma mère adorée
Déjà depuis deux jours avait connu la faim !
Muette, je pleurais au seuil du presbytère ;
Avec nous la pitié partagea son repas...

Laissez, etc.

« Ma mère !...ce matin, au lever de l'aurore,
J'ai fixé sur son front mes yeux glacés d'effroi ;
Hélas ! dans son sommeil elle souffrait encore,
Un rêve l'agitait, elle parlait de moi :
Oui, je suis le seul bien qui l'attache à la terre ;
Et moi, sans elle aussi, que ferais-je ici-bas ?...

Laissez, laissez glaner la petite étrangère !
O joyeux moissonneurs, ne me repoussez pas !

FIN.

Paris. — Typographie et Lithographie de A. Appert,
Passage du Caire, 54.